GORMOD O WIN

a

STORÏAU ERAILL

BOB EYNON

Argraffiad cyntaf 2003

Cyhoeddwyd gan Wasg y Dref Wen,
28 Ffordd yr Eglwys, Yr Eglwys Newydd,
Caerdydd CF14 2EA
Ffôn 029 20617860.

Argraffwyd ym Mhrydain.

I'r Prifardd Cyril Jones

1. BREUDDWYDION

Cwrddodd y caplan â'r dyn am y tro cyntaf mewn pabell fawr lle roedd y staff meddygol yn trin y milwyr oedd wedi cael eu hanafu pan oedden nhw ar flaen y gad. Roedd y Prydeinwyr a'r Ffrancwyr wedi ymosod ar yr Almaenwyr ar doriad y wawr, a nawr, yn hwyr yn y dydd, roedd cannoedd o gleifion yn dod yn ôl o'r ffrynt bob awr.

Roedd y dyn yn edrych yn flinedig iawn, ond er hynny roedd e'n mynd o wely i wely yn cario dŵr i'r cleifion neu'n rhannu ei sigaréts gyda nhw. Pan ddaeth e heibio gofynnodd y caplan iddo fe:

"Oes dynion yma sy ar fin marw?"

"Oes, Padre," atebodd y milwr. "Mae rhai'n waeth na'i gilydd, ond mae'r meddygon yn rhy brysur i'w gwahanu nhw."

Gwelodd e'r caplan yn petruso. Roedd rhai dynion yn cysgu ac roedd rhai eraill yn gweiddi am help.

"Mae un fan hyn, Syr," meddai'r milwr wrth y caplan. "Mae e wedi colli llawer o waed."

Aethon nhw at y gwely lle roedd claf yn gorwedd yn hollol lonydd. Trodd y caplan at y milwr a dweud:

"Rwyt ti'n edrych yn flinedig. Wyt ti wedi bod yn gweithio ers y bore 'ma?"

"Cario stretsiers ydw i, Syr," esboniodd y dyn. "Roeddwn i gyda'r milwyr oedd yn ymladd; roeddwn i yno drwy'r dydd, ac yna fe ddes i'n ôl yma i helpu'r meddygon a'r nyrsys. Rwy'n mynd yn ôl i'r ffrynt bore fory."

"Mae'n rhaid i ti orffwys," meddai'r caplan. "Mae'n mynd yn hwyr."

"Mae'n well 'da fi aros yma, Syr," atebodd y milwr. "Mae angen help ar y cleifion."

Dros yr wythnosau canlynol, cwrddodd y caplan â'r milwr hwnnw sawl gwaith, ond fel arfer byddai'r ddau ohonyn nhw'n rhy brysur i siarad â'i gilydd am hir. Yna, un noson, tra oedd y ffrynt yn dawel, roedd y caplan yn ymweld â'r dynion yn y ffosydd pan welodd e'r milwr eto. Roedd gweddill y platŵn yn chwarae cardiau ond roedd y dyn a gariai'r stretsiers yn eistedd ar ei ben ei hunan yn darllen llyfr trwchus. Aeth y caplan i eistedd wrth ei ochr e.

"Hylô," meddai e. "Beth rwyt ti'n ei ddarllen?"

Caeodd y milwr y llyfr a gwenu'n swil ar y swyddog.

"Llyfr athroniaeth ydy e, Padre," atebodd.

Tynnodd y caplan becyn o sigaréts o'i boced a chynnig un i'r milwr.

"Dim diolch, Syr," meddai'r milwr. "Dydw i ddim yn ysmygu."

"Ond roedd sigaréts 'da ti yn y babell feddygol," meddai'r caplan.

"Oedd," cytunodd y dyn. "Weithiau does dim sigaréts ar ôl 'da'r cleifion. Dyna pam rwy'n cario pecyn o Woodbines bob amser."

"Da iawn," meddai'r caplan gan wenu. "Cristion da wyt ti. Gyda llaw, beth ydy dy enw di?"

"Eason, Syr," atebodd y milwr. "Ond dydw i ddim yn Gristion."

"Dwyt ti ddim yn Gristion!" meddai'r caplan yn syn. "Wel, sut rwyt ti'n gallu wynebu'r rhyfel, y rhai sy wedi cael eu lladd a'r cleifion, os nad oes crefydd 'da ti?"

"Dim ond breuddwyd ydy'r bywyd 'ma, Padre," atebodd y dyn. "Rwy'n breuddwydio popeth sy'n digwydd. Mae'r rhyfel, y cyrff marw a'r cleifion yn rhan o'm breuddwyd, dyna i gyd."

Meddyliodd y caplan am foment.

"Beth amdana i, Eason?" gofynnodd e gyda gwên fach.

"Dim ond rhan o'm breuddwyd ydych chi, hefyd, Syr," atebodd y milwr.

Crafodd y swyddog ei ên. Oedd y dyn 'ma yn tynnu'i goes e, neu a oedd llyfrau athronyddol y milwr wedi effeithio ar ei feddwl?

"Os ydy popeth yn freuddwyd, Eason," meddai e'n sydyn, "pam wyt ti'n gweithio mor galed i helpu pobl? Beth ydy'r pwynt?"

Cododd y milwr ei ysgwyddau.

"Wn i ddim," atebodd e'n onest. "Efallai achos y byddai breuddwyd heb gariad yn hunllef … "

"Wel, wyt ti'n gobeithio deffro o'th freuddwyd ryw ddiwrnod?" gofynnodd y caplan.

"Ydw, Padre," atebodd y milwr gan wenu. "Weithiau mae'r gynnau mawr yn ddigon swnllyd i ddeffro'r meirw!"

Ar ôl y sgwrs hon siaradodd y ddau ddyn â'i gilydd bob tro y bydden nhw'n cwrdd yn y ffosydd neu yn y pebyll meddygol. Byddai'r caplan yn dechrau'r sgwrs gyda'r un cwestiwn bob tro.

"Wyt ti'n dal i freuddwydio, Eason?"

"Ydw, Padre; dim newid o gwbl."

Er gwaethaf y bywyd caled yn y ffosydd, roedd Eason yn dal i helpu pawb arall heb feddwl amdano fe ei hunan o gwbl. Er ei fod e'n edrych yn flinedig iawn, roedd yn treulio'i amser rhydd wrth welyau'r cleifion heb gwyno o gwbl.

Yna, un bore, ymosododd yr Almaenwyr yn ffyrnig, a chreu anhrefn ymhlith y Prydeinwyr a'r Ffrancwyr unwaith eto. Aeth y caplan yn syth i'r babell feddygol i helpu. Tua phump o'r gloch yn y prynhawn, daeth grŵp o filwyr i mewn i'r babell yn cario Eason ar stretsier.

"Fe aeth e allan o'r ffos i helpu'r cleifion tra oedd y bomiau'n dal i ffrwydro," meddai un o'r milwyr wrth y caplan. "Doedd neb yn gallu ei rwystro fe rhag mynd."

Edrychodd y swyddog ar y dyn ar y stretsier. Roedd ei wyneb yn chwys i gyd. Yn sydyn, agorodd Eason ei lygaid a syllu ar y caplan.

"Rwy'n ceisio meddwl yn glir," meddai. "Ond mae'n anodd iawn."

"Mae gwres arnat ti," meddai'r caplan. "Paid â meddwl am ddim byd. Ceisia gysgu."

"Padre ... "

"Ie?"

"Roeddwn i'n anghywir pan ddywedais i fy mod i'n breuddwydio popeth."

"Oeddet ti?" Roedd y caplan yn dechrau poeni, achos roedd y lliw yn diflannu'n gyflym o wyneb Eason.

"Oeddwn. Ond rwy'n gweld popeth yn glir nawr. Breuddwyd ydw i, hefyd."

Aeth ei gorff e'n llonydd, ac roedd gan y caplan lwmp

yn ei wddf. Estynnodd ei law a chau llygaid y milwr.

"Ie, Eason," meddai'n dawel. "Breuddwyd Duw wyt ti."

Geirfa

cad	battle	*ffos*	trench
breuddwyd	dream	*cariwr stretsiers*	stretcher bearer
rhyfel	war	*anhrefn*	disorder
pabell	tent	*athroniaeth*	philosophy
crafu	to scratch	*anghywir*	wrong
claf (cleifion)	wounded man (men)	*crefydd*	belief
hunllef	nightmare	*gwddf*	throat
gwahanu	to separate		

2. PEN-BLWYDD HAPUS!

Doedd Ron a Rose Harvey ddim yn meddwl am gymryd gwyliau y flwyddyn honno; doedd dim digon o arian gyda nhw. Roedd eu mab Cefin newydd orffen cwrs gradd yn y brifysgol, a doedd e ddim yn gweithio eto; roedd eu merch Kate yn mynd i briodi y flwyddyn ganlynol, felly byddai'n rhaid iddyn nhw gynilo arian dros y gaeaf.

Ond yna gwelodd Ron hysbyseb yn y swyddfa deithio: gwyliau mewn gwesty pum seren am bris isel iawn. Pan aeth e i mewn i'r siop esboniodd un o'r staff wrtho fod pâr arall wedi tynnu'n ôl yn hwyr iawn. Aeth Ron yn syth adref at Rose i ddweud y newyddion.

"Beth ... Rimini yn yr Eidal ddydd Sadwrn nesaf?" holodd Rose. "Oes amser 'da ni i baratoi ar gyfer y daith? Pwy fydd yn mynd â ni i'r maes awyr?"

"Cefin a fi, wrth gwrs," meddai Kate gan wenu. "Mae'r ddau ohonon ni'n gallu gyrru."

"Ond beth am y gost?" gofynnodd ei mam. "Roedden ni i fod i gynilo arian eleni."

"Mam," meddai Cefin, "rydych chi wedi gwneud digon dros Kate a fi yn y gorffennol. Rydyn ni eisiau i chi fynd a mwynhau eich hunain."

Felly, ar y nos Sadwrn ganlynol, roedd Ron a Rose Harvey yn eistedd ar falconi eu hystafell yn Rimini, yn edrych ar olau'r lleuad ar yr Adriatig.

Doedd gan Rose a Ron ddim gair o Eidaleg, ond yn ffodus roedd staff y gwesty i gyd yn siarad Saesneg. Roedd y mwyafrif o'r gwesteion eraill yn dod o'r Almaen neu Awstria.

"Ron," meddai Rose wrth ei gŵr wrth iddyn nhw gael eu pryd bwyd cyntaf yn ystafell fwyta'r gwesty, "mae'r bobl yma'n gyfoethog iawn. Maen nhw i gyd yn gwisgo dillad drud iawn. Rydyn ni wedi gwneud camgymeriad wrth ddod yma. Fyddwn ni ddim yn ffitio i mewn."

Ond roedd Ron yn mwynhau'r cig eidion ar ei blât, a'r gwin coch yn ei wydryn.

"Paid â phoeni, cariad," atebodd e, "rwy'n dechrau ffitio i mewn yn barod!"

Ar ôl cinio aethon nhw i far y gwesty ac edrych ar y rhestr brisiau.

"Bobl bach!" meddai Ron. "Mae'n costio ffortiwn i yfed yma! Fe fyddai'n well i ni chwilio am far bach yn y dref."

"Esgusodwch fi ... " meddai llais yn Saesneg; trodd Ron a Rose a gweld dyn yn ei bedwardegau'n sefyll wrth y drws.

"Ie?" meddai Ron.

"Yn ôl y barman, Saeson ydych chi, fel ni."

"Cymry ydyn ni," atebodd Rose.

"Cymry, Saeson, does dim ots," meddai'r dyn. "Mae teulu fy ngwraig i'n dod o Gymru'n wreiddiol, ond fe gafodd hi ei geni yn Llundain fel fi. Mae'r gwesty 'ma'n llawn Almaenwyr. Hoffech chi ymuno â ni am sbel?"

Roedd ei wên e mor gyfeillgar, doedden nhw ddim yn gallu gwrthod ei gynnig. Dilynon nhw e at fwrdd lle roedd gwraig hardd yn eistedd. Disgynnodd calon Rose Harvey ar unwaith. Roedd y wraig yn gwisgo gemau drud am ei gwddf ac ar ei bysedd. Roedd hi'n edrych fel model mewn sioe ffasiwn.

"Bob Lomax ydw i," meddai'r dyn. "A dyma fy ngwraig i, Beatrice."

Eisteddon nhw a galwodd Bob Lomax am y gweinydd. Archebodd rownd o ddiodydd, ac yna rownd arall ymhen ychydig.

"Gadewch i fi dalu am y rownd hon," meddai Ron, ond gwenodd Beatrice arno fe.

"Mae popeth yn mynd ar ein bil ni," meddai hi. "Peidiwch â phoeni."

Fore trannoeth, cododd Ron a Rose yn hwyr. Roedd pen tost arno fe, a doedd Rose ddim yn teimlo'n dda iawn chwaith.

"Fe fydd rhaid i ni osgoi'r pâr 'na heddiw," meddai Rose.

"Bydd," cytunodd ei gŵr. "Rwy'n mynd i adael arian gyda'r barman i brynu rownd iddyn nhw. Wedyn, beth am i ni fynd am dro o gwmpas y dref?"

Cliriodd eu pennau nhw'n raddol yn ystod y bore, ac am ganol dydd bwyton nhw frechdanau mewn bar bach ar lan y môr.

"Mae'n amlwg bod llawer o arian gyda'r Lomaxes," meddai Ron wrth Rose.

"Oes," cytunodd hi. "Yn ôl Beatrice, mae siop gemau 'da nhw yn Hatton Garden."

"Ac roedd Bob yn sôn am chwarae'r farchnad stoc hefyd," meddai Ron.

"Wel, dydyn ni ddim yn gallu fforddio byw fel nhw," meddai Rose. "Mae'n well i ni aros ar ein pennau ein hunain."

Yn anffodus, roedd gan Beatrice Lomax syniadau eraill.

"Dydw i ddim yn credu bod llawer o arian gyda'r Harveys," meddai hi wrth ei gŵr. "Fe fydd rhaid i ni eu gwahodd nhw allan o bryd i'w gilydd."

A dweud y gwir, doedd Beatrice ddim yn mwynhau'r gwyliau rhyw lawer. Roedd yr Almaenwyr yn y gwesty'n siarad Saesneg yn dda ond, wrth gwrs, roedd yn well gyda nhw siarad Almaeneg â'i gilydd.

"Niwsans ydy e," cwynodd Beatrice wrth Bob. "Pam maen nhw'n dysgu Saesneg yn yr ysgol os nad ydyn nhw'n fodlon defnyddio'r iaith wedyn? Beth ydy'r pwynt?"

Roedd Bob Lomax erbyn hyn wedi sylweddoli bod Rose a Ron yn ceisio eu hosgoi nhw, ond pan ddywedodd e hynny wrth ei wraig e, atebodd hi:

"Wrth gwrs eu bod nhw, Bob. Maen nhw'n ein hosgoi ni achos ein bod ni'n gyfoethog. Mae cywilydd arnyn nhw achos eu bod nhw'n dlawd. Dyna pam mae'n rhaid i ni dorri'r iâ."

Yna cafodd Beatrice syniad. Aeth hi at fwrdd Ron a Rose un noson tra oedden nhw'n bwyta.

"Rwy'n dathlu fy mhen-blwydd i yfory," meddai hi wrthyn nhw. "Rydyn ni'n mynd i logi car a chael picnic yn y mynyddoedd. Dydyn ni ddim eisiau bod ar ein pennau ein hunain. Rwy'n gobeithio y byddwch chi'n gallu dod gyda ni."

Doedd Ron Harvey ddim yn gwybod beth i'w ddweud. Roedden nhw mewn sefyllfa anodd. Ond gwenodd Rose ar Beatrice.

"Felly fe gawsoch chi eich geni dan arwydd y Cranc fel fi," meddai hi.

"Beth … ? O, do," atebodd Beatrice.

"Am faint o'r gloch fyddwch chi'n ymadael yn y bore?" gofynnodd Rose.

"Ar ôl brecwast," meddai Beatrice. "Fydd hynny'n iawn?"

"Bydd, diolch," meddai Rose. "Tan yfory, felly."

Aeth Beatrice yn ôl at ei gŵr. Trodd Rose at Ron a dweud:

"Mae hi wedi ein twyllo ni, Ron."

"Ond sut?" gofynnodd Ron yn syn.

"Mae arwydd y Cranc yn gorffen heddiw," atebodd ei wraig. "Felly dim ond esgus ydy'r stori am ei phen-blwydd hi … "

Fore trannoeth, pan gwrddon nhw â'r pâr o Lundain ym maes parcio'r gwesty, roedd Beatrice yn cwyno'n barod.

"Fe ofynnon ni am gar mawr," meddai hi. "Ond dim ond car bach oedd gyda nhw."

"Peidiwch â phoeni," meddai Ron wrthi hi. "Car bach sy 'da ni gartref."

"Ond mae Bob yn arfer gyrru Jaguar," meddai Beatrice. "Ac mae Mercedes 'da ni hefyd fel ail gar."

"I wneud y siopa?" gofynnodd Rose gyda gwên fach eironig, a syllodd Ron arni hi. Ond, wrth lwc, doedd Beatrice ddim wedi sylwi ar ddim byd.

"Ie, i wneud y siopa," cytunodd hi. "Mae'r Jag yn niwsans yn y traffig."

Yn ystod y daith gofynnodd Bob sut roedd Rose a Ron

yn treulio eu hamser yn Rimini.

"Rydyn ni'n cerdded o gwmpas y dref," atebodd Ron. "Mae Beatrice yn hoffi edrych ar ffenestri'r siopau mawr."

"Siopau mawr?" chwarddodd Beatrice. "Ond does dim siopau mawr yn Rimini! Mae'n rhaid i chi fynd i Rufain i ddod o hyd i siopau mawr."

Yna chwarddodd Rose yn ei thro. Roedd hi'n dechrau mwynhau'r sefyllfa.

"Wel, dydw i ddim yn gallu siarad am Rufain," meddai hi, "ond mae siopau Rimini yn fwy na siopau'r pentref lle rydyn ni'n byw yng Nghymru."

Ar ôl gyrru am ddwy awr, cyrhaeddon nhw le hyfryd ar ben un o'r mynyddoedd. Stopiodd Bob Lomax y car.

"Gadewch i ni aros fan hyn i gael y picnic," meddai wrth ei wraig. "Mae'r olygfa'n fendigedig."

Pan agorodd e gist y car a thynnu'r fasged bicnic allan, dywedodd Beatrice wrtho:

"Cymer ofal, Bob. Mae potelaid o win drud iawn yn y fasged 'na."

Rhoddodd Bob y fasged i lawr yn ofalus ar y ddaear.

"Ydych chi'n gwybod ble mae fy ffôn symudol i?" gofynnodd e, a nodiodd ei wraig ei phen.

"Mae hwnnw yng nghist y car hefyd," atebodd. "Yn fy mag llaw i."

Agorodd e'r bag ac edrych ar y ffôn.

"Mae rhywun wedi gadael neges tra oedden ni'n teithio," meddai gan bwyso botwm ar y ffôn.

Pan ddarllenodd e'r neges, roedd golwg ddifrifol ar ei wyneb.

"Beth sy'n bod?" gofynnodd Ron Harvey. "Newyddion drwg?"

"Ie," atebodd Bob Lomax. "Mae fy mrocer stoc yn ceisio cysylltu â fi. Mae stoc un o'm cwmnïau i'n disgyn yn gyflym. Ond dydy e ddim yn gallu gwerthu heb gysylltu â mi."

"Wel, ffonia'n ôl, cariad," meddai Beatrice gan ochneidio. "Does dim problem."

Ond pan geisiodd Bob ffonio roedd y lein yn farw.

"Dydy'r ffôn ddim yn gweithio yn yr ardal 'ma," meddai. "Bydd yn rhaid i ni yrru ymlaen am sbel."

Ond pan geisiodd e danio peiriant y car, doedd dim sŵn. Yna dechreuodd e regi'n uchel.

"Gan bwyll, Bob," meddai Ron wrtho fe. "Gadewch i fi gael cipolwg dan y boned."

Trodd Rose a gwenu ar Beatrice.

"Peidiwch â phoeni," meddai hi. "Mecanig ydy Ron, mewn ffatri Ford yng Nghymru."

Ymhen rhai munudau roedd Ron wedi datrys y broblem. Roedd e wedi dod o hyd i wifren oedd wedi dod yn rhydd. Pan daniodd Bob Lomax y peiriant eto roedd popeth yn iawn. Aethon nhw i gyd i mewn i'r car a gyrru i ffwrdd. Tra oedd Bob yn gyrru, roedd Beatrice yn ceisio cysylltu â'r brocer stoc ar y ffôn.

"Mae'n canu, Bob," meddai hi o'r diwedd, wrth iddyn nhw fynd trwy bentref bach.

"Diolch byth," atebodd e. "Rwy'n mynd i aros o flaen y caffi 'na. Ewch i mewn a chodi rownd o ddiodydd tra bydda i ar y ffôn."

Pan ddaeth e i mewn i'r bar bum munud yn

ddiweddarach, roedd e'n edrych yn hapusach.

Croesodd e'r ystafell at y bwrdd lle roedd y lleill yn eistedd.

"Mae popeth yn iawn," meddai wrth Ron. "Rydych chi wedi arbed llawer o arian i fi wrth drwsio'r car. Mae'n rhaid i fi wneud rhywbeth i ddiolch i chi."

Yna rhoddodd e ddarn o bapur ar y bwrdd – siec am bum cant o bunnau.

Edrychodd Ron Harvey arno fe'n syn, ond ni phetrusodd Rose ddim. Gwthiodd hi'r siec ar draws y bwrdd i gyfeiriad Beatrice Lomax.

"Dyma chi," meddai hi gan wenu. "Pen-blwydd hapus!"

GEIRFA

pen-blwydd	birthday	*osgoi*	to avoid
gradd	degree	*gwahodd*	to invite
cynilo	to save	*sylweddoli*	to realize
gaeaf	winter	*cywilydd*	shame
seren	star	*arwydd y Cranc*	sign of the Crab
Yr Eidal	Italy	*twyllo*	to trick
eleni	this year	*Rhufain*	Rome
lleuad	moon	*chwarddodd*	laughed
mwyafrif	majority	*symudol*	mobile
cyfoethog	wealthy	*disgyn*	to fall
cig eidion	beef	*cysylltu*	to contact
ymuno	to join	*rhegi*	to swear
gweinydd	waiter		
trannoeth	the next day		

3. YR YMDDIHEURIAD

Pan laniodd yr awyren ar y maes awyr yng ngorllewin Affrica, roedd dyn du yn aros am Alec Jones. Safai'r dyn wrth y fynedfa, ac roedd e'n cario placard yn ei ddwylo: "Mr A. Jones, B.Sc." Aeth y teithiwr ato fe a dweud:

"Alec Jones ydw i. Chi ydy'r gyrrwr?"

"Ie, Syr," atebodd y dyn. "Kimba ydy fy enw i. Mae'r car yn y maes parcio. Rhowch eich bagiau i fi."

Dyn tal oedd e, ac roedd ganddo graith ar ei foch. Craith y llwyth oedd hi. Aeth e â'r teithiwr allan o'r adeilad ac i mewn i'r maes parcio. Arhosodd wrth ochr Renault 12 gwyn ac agor y drws i Alec.

"Ewch i mewn, Syr," meddai e. "Rwy'n mynd i roi'r bagiau yn y gist."

Ar ôl y daith hir o Heathrow, roedd taith pum deg milltir o flaen y teithiwr o hyd. Doedd y gyrrwr ddim yn siaradus iawn, ond roedd e'n barod i ateb cwestiynau Alec Jones am y brifysgol lle roedd e'n mynd i weithio.

"Fe fyddwch chi'n byw ar y campws, Syr," meddai e. "Mewn fflat. Rydych chi'n lwcus, achos mae eich fflat chi'n agos at y clwb staff, gyda bwyty, bar a phwll nofio awyr-agored."

Er bod ffenestri'r car yn agored, roedd y chwys yn rhedeg i lawr wyneb Alec. Yna, gwelodd e far bach wrth ochr y ffordd.

"Oes amser 'da ni i aros yma a chael gwydraid o gwrw?" gofynnodd e i'r gyrrwr.

Stopiodd Kimba y Renault ac aethon nhw allan. Doedd dim byrddau o flaen y bar, dim ond cownter pren a dyn du tew yn sefyll y tu ôl iddo.

"Gwydraid o gwrw oer i fi, os gwelwch yn dda," meddai Alec wrth y barman. "Beth amdanoch chi, Kimba?"

Ysgydwodd y gyrrwr ei ben; doedd e ddim yn edrych yn gyffyrddus. Gwenodd Alec arno fe.

"Dydw i ddim yn mynd i yfed ar fy mhen fy hun," meddai. "Ydych chi eisiau i fi farw o syched?"

Yn y diwedd derbyniodd Kimba wydraid o sudd oren, gan ddweud taw Mwslim oedd e. Pan gyrhaeddon nhw gampws y brifysgol, trodd Kimba at y teithiwr a dweud:

"Gaf i ofyn ffafr i chi, Syr?"

"Cewch, wrth gwrs," atebodd Alec.

"Peidiwch â dweud dim byd wrth neb am y sudd oren. Fel arfer dydy'r gyrwyr ddim yn yfed gyda darlithwyr y brifysgol … "

Er gwaethaf y gwres, setlodd y darlithydd newydd i mewn yn gyflym ar y campws. Roedd ei fyfyrwyr i gyd yn bobl dduon ifainc, ond gwynion oedd mwyafrif y darlithwyr a'r athrawon.

Bob nos ar ôl bwyta yn y clwb staff byddai Alec yn mynd i lawr i'r bar ac yn prynu peint o lager. Sylwodd e fod pawb yn ddymunol yn y clwb, ond roedden nhw i gyd yn eistedd mewn grwpiau – gwynion gyda gwynion, duon gyda duon, ac roedd pobl India yn glynu at ei gilydd hefyd. Ond doedd Alec ddim fel y lleill; fe oedd yr unig Gymro ar y campws, ac roedd e'n cymysgu â phawb heb feddwl am eu lliw nhw.

Roedd bwrdd dartiau ar wal y bar, a phob nos roedd

rhai o'r gwynion yn chwarae dartiau gyda'i gilydd. Un noson gwahoddodd Alec ffrind du i ymuno â nhw, ond ysgwyd ei ben wnaeth ei ffrind.

"Dim ond y gwynion sy'n chwarae dartiau yn y clwb," atebodd e. "Dydw i ddim eisiau torri i mewn i'w gêm nhw."

Roedd dyn gwyn o'r enw Hawkins yn rheoli'r clwb staff, ond roedd y gweision i gyd yn bobl dduon. Roedd Alec Jones yn hoffi siarad â nhw am eu bywydau y tu allan i'r clwb. Doedd e ddim yn siarad â Hawkins yn aml, achos doedd y rheolwr ddim yn arfer gweithio y tu ôl i'r bar. Roedd e'n treulio'r noson yn chwarae "Bridge" gyda grŵp o ffrindiau. Roedd pob un ohonyn nhw'n Bennaeth Adran yn y brifysgol, ac roedden nhw i gyd yn yfed yn drwm bob nos. Ar ddiwedd y noson, byddai un o'u gwragedd nhw'n dod mewn car a rhoi lifft adref iddyn nhw. Doedd dim angen i Hawkins gael lifft, achos roedd e'n byw lan llofft, y tu ôl i'r bwyty, a felly doedd dim rhaid iddo fe gerdded yn bell pan fyddai e wedi cael gormod i'w yfed.

Doedd Hawkins ddim yn hoffi Alec Jones rhyw lawer. Yn ei farn e, roedd Alec yn rhy gyfeillgar gyda'r duon ar y campws, ac yn enwedig gyda'r gweithwyr cyffredin – y gweision a'r gyrwyr.

"Rwy'n cytuno," meddai un o'i ffrindiau wrtho fe un noson pan oedd Hawkins yn cwyno am y Cymro. "Ond mae Jones yn ifanc. Does dim profiad 'da fe. Ond fe fydd e'n dysgu … "

Un diwrnod gwelodd Alec boster ar wal y clwb staff. Roedd Adran Saesneg y brifysgol yn mynd i berfformio drama gomedi i'r myfyrwyr yn y neuadd fawr, ac roedden nhw'n chwilio am bobl i chwarae rhannau bach yn y sioe. Rhoddodd y Cymro ei enw i lawr ar y rhestr ar unwaith, a chafodd e ei ddewis i chwarae rhan plismon yn y ddrama.

Ar noson y sioe roedd e'n teimlo'n llawn cyffro; doedd e ddim wedi actio o'r blaen. Roedd yr actorion yn mynd i gael parti yn y clwb staff ar ôl y sioe, felly byddai'n rhaid iddo fe fynd â digon o arian am y noson. Cyn gadael y fflat, cyfrifodd e'r arian yn ei waled.

"Ugain, tri deg, tri deg pump," meddai wrtho'i hunan. "Fydd hynny ddim yn ddigon am noson hir yn y clwb."

Yna agorodd e ddrôr a thynnu papur pum deg allan. Byddai hynny'n ddigon, siŵr o fod.

Aeth y perfformiad yn eithriadol o dda. Roedd y gynulleidfa – myfyrwyr ac aelodau o'r staff – wedi mwynhau popeth, hyd yn oed camgymeriadau'r actorion amatur. Ar ôl y sioe aeth yr actorion i gyd yn ôl i'r clwb staff, lle prynodd Athro'r Adran Saesneg ddiod i bawb i ddiolch am eu cyfraniad.

Roedd Alec Jones wedi yfed digon yn barod pan gododd e ar ei draed i brynu rownd arall i'w ffrindiau.

"Eistedd i lawr, Alec," meddai rhywun. "Plismon oeddet ti yn y ddrama, a dydy plismyn byth yn prynu rownd i neb!"

Roedd Alec yn siarad â rhywun wrth y bar pan ddaeth y barman du â'r diodydd iddo.

"Esgusodwch fi, Syr," meddai'r dyn. "Fe roddoch chi bapur ugain i fi, ond dydy hynny ddim yn ddigon."

Agorodd Alec ei waled. Roedd ei bapur pum deg wedi diflannu!

"Fe roddais i bapur pum deg i chi," meddai wrth y barman.

"Naddo, Syr," atebodd y dyn du, ac aeth pawb o'u cwmpas nhw'n ddistaw. Yna siaradodd y dyn gwyn oedd yn sefyll wrth ochr y Cymro.

"Fe welais i bapur pum deg yn eich llaw chi, Alec," meddai e.

Ond roedd y barman yn dal i ysgwyd ei ben.

"Does dim papur pum deg yn y til," meddai.

Erbyn hyn roedd cwsmeriaid eraill yn dod ymlaen a dweud eu bod nhw wedi gweld y papur banc yn llaw'r Cymro. Yna, yn sydyn, cododd Hawkins, rheolwr y clwb, o'i gadair a dod at y cownter.

"Rhowch y newid o bum deg iddo fe," meddai wrth y barman.

"Ond … "

"Nawr!" gwaeddodd Hawkins a dechreuodd dwylo'r dyn du grynu.

Aeth Alec yn ôl i ymuno â'i ffrindiau, ond roedd y noson wedi mynd o chwith iddo fe. Penderfynodd e fynd am dro hir o gwmpas y campws i glirio'i ben.

Cyrhaeddodd ei fflat tuag un o'r gloch y bore a chynnau'r golau. Roedd rhywbeth yn gorwedd ar y bwrdd ger y ffenestr. Y papur pum deg!

"Myn uffern i!" meddyliodd. "Mae'n rhaid i fi fynd yn ôl i'r clwb ar unwaith."

Dim ond y barman oedd yno. Roedd pawb arall wedi diflannu. Edrychodd e i fyny pan gerddodd y Cymro i mewn. Roedd y dyn du'n edrych yn flinedig iawn. Dangosodd Alec Jones yr arian iddo fe.

"Fe wnes i gamgymeriad," meddai. "Roedd hwn ar y bwrdd yn y fflat trwy'r amser."

"Pam ydych chi wedi dod yn ôl?" gofynnodd y barman, ac edrychodd Alec arno fe'n syn.

"I ymddiheuro i chi, wrth gwrs," atebodd e.

"Diolch," meddai'r dyn. "Chi ydy'r dyn gwyn cyntaf sydd erioed wedi ymddiheuro i fi. Ond mae'n rhy hwyr. Rydw i wedi colli fy swydd."

"Arhoswch fan hyn," meddai'r Cymro wrtho fe. "Rwy'n mynd lan llofft i weld Hawkins."

Roedd Hawkins yn eistedd ar ei wely pan aeth Alec i mewn i'w ystafell. Cafodd y Cymro syndod o weld popeth mewn anhrefn, achos roedd Hawkins yn gwisgo'n daclus iawn pan oedd e allan. Roedd aroglau yn yr ystafell hefyd, cymysgedd o alcohol a hen fwyd. Sylwodd y Cymro ar lestri brwnt yn gorwedd ar y bwrdd, a hyd yn oed ar y llawr. Darllenodd Hawkins ei feddwl.

"Dydw i ddim yn gadael i'r glanhawyr ddod i mewn i'm stafell i," esboniodd. "Rwy'n clirio'r llestri o bryd i'w gilydd, ond rydw i'n ddyn prysur."

Ni chymerodd Alec sylw o'r eglurhad ac fe ddywedodd: "Fe wnes i gamgymeriad heno. Roedd y barman yn dweud y gwir. Nid papur pum deg gafodd e."

Syllodd Hawkins arno fe.

"Beth am y lleill?" gofynnodd. "Beth am y bobl a welodd y papur banc yn eich dwylo chi?"

"Fe wnaethon nhw gamgymeriad hefyd, efallai," atebodd y Cymro. "Ond rydw i'n deall fod y barman wedi colli ei swydd."

"Ydy," meddai Hawkins. "Achos fe gymerais i eich ochr chi."

"Ond nawr rydych chi'n gwybod y gwir," meddai Alec, "mae'n rhaid i chi newid eich meddwl."

"Amhosibl," atebodd Hawkins gan ysgwyd ei ben. "Dydw i ddim yn mynd i alw pob cwsmer gwyn yn gelwyddgi!"

Meddyliodd y Cymro am foment.

"Rydw i wedi ymddiheuro i'r barman yn barod," meddai e. "Yfory rwy'n mynd i ddweud y gwir wrth bawb. Fe fydda i'n trefnu protest os bydd angen. Rwy'n barod i golli fy swydd i yn y brifysgol hefyd."

Crafodd Hawkins ei ên. Doedd e ddim eisiau trafferth fel yna. Cododd y ffôn wrth ochr y gwely.

"Hylô, Daniel," meddai. "Mae Mr Jones wedi egluro popeth wrtha i. Fe gei di gadw dy swydd di yn y bar."

Pan roddodd e'r ffôn i lawr, doedd e ddim yn edrych yn hapus.

"Diolch," meddai Alec, er nad oedd e'n hoffi'r rheolwr o gwbl.

Wrth iddo droi i fynd, dyma Hawkins yn gofyn yn sydyn, "Gaf i ofyn ffafr i chi nawr?"

"Pa ffafr, felly?"

"Peidiwch ag ymddiheuro i bobl dduon o hyn ymlaen."

"Ond pam?" gofynnodd Alec.

Agorodd Hawkins botel chwisgi, ac arllwys peth ohono i mewn i wydryh brwnt.

"Achos dydw i ddim am iddyn nhw feddwl eu bod nhw cystal â ni," meddai.

GEIRFA

ymddiheuriad	apology
awyren	aeroplane
craith	scar
llwyth	tribe
taith	journey
bwyty	restaurant
chwys	sweat
tew	fat
cyffyrddus	comfortable
sudd oren	orange juice
darlithydd	lecturer
sylwi	to notice
dymunol	pleasant
lliw	colour
gweision	waiters
pennaeth adran	head of department
cwyno	to complain
profiad	experience
cynulleidfa	audience
cyfraniad	contribution
newid	change
camgymeriad	mistake
anhrefn	disorder
llestri	dishes
aroglau	odour
glanhawyr	cleaners
celwyddgi	liar

4. BACHGEN MAMI

Doedd Preifat Glyn "Taff" Elis ddim yn hoffi Sarsiant Jessup o gwbl, a doedd y sarsiant ddim yn ei hoffi e chwaith. A dweud y gwir, dim ond un ffrind oedd gan Jessup yn yr uned – Lifftenant Moorland, arweinydd y platŵn.

Cafodd yr uned ei ffurfio ar ddechrau 1944. Roedd cannoedd o filoedd o filwyr Prydain, America a gwledydd eraill yn hyfforddi ar arfordir y Sianel. Roedden nhw yno am reswm "cyfrinachol", ond roedd pawb yn gwybod beth oedd yn mynd i ddigwydd: roedden nhw'n mynd i groesi'r Sianel ac ennill Ffrainc yn ôl o ddwylo milwyr Hitler.

"O ble rwyt ti'n dod, Elis?" gofynnodd Sarsiant Jessup pan gwrddon nhw am y tro cyntaf yn y barics ger Salisbury.

"O Gymru, Sarsiant," atebodd y preifat.

"O Gymru?" meddai Jessup gyda gwên fach. "Rwy'n nabod llawer o fechgyn o Gymru. Bechgyn mami ydyn nhw i gyd. Rwyt ti'n bell oddi cartref, Elis. Wyt ti'n hiraethu am dy fam eto?"

Atebodd y Cymro ddim. Roedd e'n meddwl am ei fam yn aml, achos doedd hi ddim yn iach. Ond doedd e ddim yn mynd i ddangos dim i'r sarsiant 'na. Aeth Jessup ymlaen at y milwr nesaf – dyn byr ond cadarn.

"Beth amdanat ti, Wiggins?" meddai e gan edrych ar yr enwau ar ei restr. "O ble rwyt ti'n dod?"

"O Bethnal Green," atebodd y dyn mewn llais clir. "Un o ddwyrain Llundain ydw i, Sarsiant."

"Iawn," meddai Jessup gan droi at y milwr nesaf. Ond doedd Wiggins ddim wedi gorffen eto.

"Sarsiant … "

"Ie, Wiggins?"

"Rydw innau'n fachgen mami hefyd," meddai e, a chwarddodd rhywun yng nghefn y grŵp.

Syllodd y sarsiant arno fe am foment, ond ni ostyngodd Wiggins mo'i lygaid.

"Wiggins … " meddai Jessup yn dawel. "Fe fydda i'n cofio'r enw 'na … "

Roedd rhaid i'r milwyr gadw'n ffit tra oedden nhw'n aros am ddiwrnod y goresgyniad. Roedd yr ymarferion yn galed iawn. Penderfynodd y sarsiant gadw'r Cymro a'r dyn o ddwyrain Llundain gyda'i gilydd.

"Mae'n rhaid i fi gadw llygad arnyn nhw, Syr," meddai wrth y lifftenant. "Bechgyn mami ydyn nhw. Dydw i ddim eisiau iddyn nhw adael y platŵn i lawr."

Felly rhoddodd Jessup y tasgau caletaf i Taff Elis a Dave Wiggins bob tro; a phan oedd y sarsiant mewn tymer ddrwg byddai e'n rhoi gwaith ychwanegol iddyn nhw hefyd.

"Paid â phoeni," meddai Wiggins wrth y Cymro. "Pan ddaw diwedd y rhyfel bydda i'n siŵr o fynd i chwilio am Sarsiant Jessup. Mae cof hir 'da fi, Taff."

Yn ffodus, roedd gweddill y platŵn yn cefnogi Taff a Dave. Doedd neb yn hoffi Jessup, a doedd neb yn hoffi gweld sarsiant yn pigo ar y ddau ffrind trwy'r amser.

"Mae'n rhaid i chi gwyno wrth y lifftenant," meddai un o'r milwyr wrthyn nhw, ond ysgydwodd Taff Elis ei ben.

"Mae digon o broblemau gyda Moorland yn barod,"

atebodd. "Na, os byddwn ni'n cadw gyda'n gilydd, bydd popeth yn iawn."

Ar ddechrau mis Mehefin, dechreuodd y fyddin i gyd symud yn agosach at yr arfordir.

"Maen nhw'n aros i'r tywydd wella, Taff," meddai Wiggins. "Yna byddwn ni ar ein ffordd ar draws y Sianel."

Roedd pob milwr yn ysgrifennu gartref yn aml nawr, achos roedden nhw'n gallu teimlo'r tensiwn yn codi. Roedd yr Almaenwyr yn siŵr o fod yn paratoi croeso poeth iawn iddyn nhw ar arfordir Ffrainc. Un diwrnod, siaradodd Sarsiant Jessup â Taff Elis tra oedd y Cymro'n darllen llythyr oddi wrth ei deulu.

"Beth, llythyr arall oddi wrth dy fam, Taff?" meddai dan chwerthin. "Tybed sut mae hi'n teimlo nawr?"

Yna, un noson dywyll, aethon nhw i lawr i'r dociau lle roedd y llongau rhyfel yn aros amdanyn nhw.

"Wel, dyma ni, Taff," meddai Wiggins wrth ei ffrind. "Mae'r antur fawr wedi dechrau."

Aethon nhw ar fwrdd un o'r llongau, a threulio'r nos heb gysgu tra oedd y llong yn croesi'r Sianel i gyfeiriad Normandi. Jyst cyn y wawr symudodd yr uned i mewn i gwch glanio ar gyfer rhan olaf y daith.

Pan dorrodd y wawr, gwelson nhw eu bod yn agos iawn at arfordir Ffrainc. Dechreuodd gynnau mawr y llongau rhyfel danio, a chyn hir roedd gynnau'r Almaenwyr yn saethu'n ôl. Roedd y goresgyniad wedi dechrau.

Roedd yr uned yn eistedd mewn distawrwydd yn y cwch glanio. Roedden nhw i gyd ar bigau'r drain. Roedd y cwch yn symud yn araf iawn trwy'r dŵr, ond roedd rhai cychod wedi glanio'n barod, a'r frwydr wedi dechrau o ddifri. Roedd bomiau a sieliau'n ffrwydro ym mhobman ar y traeth, a llawer o ddynion yn marw wrth geisio ennill llathen o dir.

Yn sydyn, distawodd peiriant y cwch.

"Beth sy'n bod, Lifftenant?" gofynnodd Dave Wiggins. Doedd y cwch ddim yn symud.

"Mae gormod o ddynion ar y traeth yn barod," esboniodd y swyddog. "Bydd rhaid i ni aros yma am sbel."

Edrychodd Taff Elis o'i gwmpas. Roedd pob wyneb yn welw. Cafodd e syndod wrth weld llinellau dwfn ar dalcen Sarsiant Jessup.

"Felly, mae ofn arno fe hefyd," meddyliodd. "Diolch byth!"

Yna clywodd e sŵn y peiriant yn rhuo eto, a dechreuodd y cwch symud yn araf i gyfeiriad y traeth.

CLEC!

Neidiodd pawb mewn braw. Pwy oedd wedi tanio ei arf fel yna? Yna clywson nhw rywun yn griddfan. Trodd Elis ei ben a gweld y boen ar wyneb y sarsiant. Edrychodd y Cymro arno fe am foment heb ddeall. Yna sylweddolodd e fod Jessup wedi rhoi bwled trwy ei goes ei hunan yn hytrach na wynebu'r Almaenwyr ar y traeth.

Yn sydyn, agorodd y drws mawr ym mlaen y cwch a dechreuodd y milwyr neidio i mewn i'r tonnau. Aeth pawb heibio i'r sarsiant heb ddweud gair. Ond ar y foment olaf trodd Dave Wiggins at Jessup a dweud:

"Pob lwc, Sarj. Cofia ni at dy fam!"

GEIRFA

arweinydd	leader	*caled*	hard
uned	unit	*cwyno*	to complain
hyfforddi	to train	*cadw*	to keep
arfordir	coast	*llong ryfel*	warship
cyfrinachol	secret	*cwch glanio*	landing craft
dwylo	hands	*distawrwydd*	silence
iach	well, healthy	*ar bigau'r drain*	on edge
Dwyrain Llundain	the East End	*o ddifri*	in earnest
chwarddodd	laughed	*talcen*	forehead
gostwng	to lower	*arf*	weapon
goresgyniad	invasion	*griddfan*	to groan
ymarfer	exercise	*sylweddoli*	to realize

5. ANGELA

Roedd Lyn Lewis yn dwlu ar ei ferch, Angela. Roedd mab gyda fe hefyd, Colin, oedd yn hŷn na'i chwaer. Roedd Lyn yn caru ei fab hefyd, ond ar ôl i wraig Lyn farw, Angela oedd y ffefryn yn y teulu.

Roedd Angela'n ddisglair yn yr ysgol, ac aeth hi ymlaen i'r brifysgol ym Mangor. Ar ôl gadael y brifysgol priododd hi â pheiriannydd o'r enw Keith, a gwnaeth y ddau eu cartref yn Llandaf ger Caerdydd. Ond gadawodd Colin yr ysgol yn gynnar ac aeth i weithio mewn ffatri yn Wrecsam, bum milltir i ffwrdd o'r pentref lle roedd e'n byw gyda'i dad.

Doedd Lyn a Colin ddim yn gweld Angela yn aml ar ôl iddi hi briodi. Roedd yn well ganddi hi dreulio'r Nadolig yn nhŷ mawr ei mam a'i thad-yng-nghyfraith ym Mro Morgannwg. Roedd mab gyda hi nawr, Paul, ac roedd e'n tyfu i fyny'n gyflym.

"Yn anffodus, dydy Paul ddim yn deithiwr da," meddai hi wrth ei thad. "Byddai'r daith o Gaerdydd i Wrecsam yn rhy hir o lawer iddo fe."

Roedd Lyn yn deall yn iawn.

"Mae Angela'n meddwl am y bachgen," meddai e wrth ei fab. "Mae hi'n angel, Colin."

Ond bob blwyddyn yn yr haf, pan oedd y ffatri'n cau am y gwyliau, byddai Lyn a Colin yn mynd i lawr i Landaf yn y car i dreulio pythefnos yng nghartref Angela a Keith. Bydden nhw'n cyrraedd Llandaf ar nos Wener a chael swper bendigedig gyda'r teulu. Yna, fore trannoeth, byddai Angela a Keith yn cychwyn ar eu gwyliau tramor blynyddol, gan adael Paul dan ofal Lyn a Colin am y bythefnos.

"Dyma'r unig siawns i Keith a minnau fod ar ein pennau ein hunain am dipyn," meddai Angela wrth ei thad. "A beth bynnag, fyddai Paul ddim yn hapus dramor achos byddai'n rhy boeth iddo fe."

A dweud y gwir, roedd Lyn a Colin yn hapus i ofalu am y bachgen. Roedden nhw'n hoff iawn ohono fe, ac roedden nhw'n mynd â fe i bobman – i'r traeth, i'r mynyddoedd, i sw Bryste hyd yn oed.

Mae'n rhyfedd, meddyliodd Colin wrtho'i hunan, ond dydy Paul byth yn sâl yn y car. Ond ddywedodd e ddim byd wrth ei dad am y mater.

Ar ddiwedd y gwyliau, byddai Angela a Keith yn dod ag anrhegion yn ôl i bawb. Yna, byddai'r teulu'n cael pryd o fwyd gyda'i gilydd cyn i Lyn a Colin gychwyn ar eu taith hir yn ôl i Wrecsam.

Un gaeaf dechreuodd Lyn Lewis besychu yn ystod y nos. Anfonodd e Colin i'r fferyllfa i nôl moddion peswch, ond wnaeth y peswch ddim gwella. Roedd Lyn yn colli cwsg bob nos, felly penderfynodd Colin fynd ag e i weld y meddyg yn Wrecsam.

"Mae pawb yn pesychu yn Wrecsam," meddai'r meddyg wrth Lyn. "Fe rof i antibiotig i chi."

Ond ddiflannodd y peswch ddim, ac aeth Colin â'i dad yn ôl at y meddyg. Y tro yma rhoddodd y meddyg antibiotig cryfach i Lyn a hefyd becyn o fitaminau.

Pan glywodd Angela fod ei thad yn dost, dechreuodd hi ffonio dair neu bedair gwaith yr wythnos.

"Yn anffodus, dydw i ddim yn gallu dod i Wrecsam,

Dad," meddai hi. "Mae Keith yn gweithio i ffwrdd ar hyn o bryd, a does neb 'da fi i ofalu am Paul. Dydy rhieni Keith ddim yn dda o gwbl gyda phlant."

"Paid â phoeni, Angela," atebodd ei thad. "Mae'n rhaid i ti feddwl am dy deulu dy hunan. Rwyt ti'n ffonio'n aml; mae hynny'n ddigon i fi. Rwyt ti'n angel, cariad."

Ond roedd Lyn yn poeni na fyddai'n gwella erbyn gwyliau'r haf. Roedd e'n edrych ymlaen yn fawr at weld ei ŵyr Paul eto.

"Paid â phoeni, Dad," meddai Colin wrtho fe. " Fe fydd y tywydd braf yn help i ti."

Ond roedd y lliw'n diflannu o fochau Lyn Lewis. Roedd e'n ceisio mynd am dro bach bob dydd, ond roedd ei goesau'n wan. Ond aeth e ddim yn ôl i weld y meddyg, achos roedd e'n ofni y byddai'n rhaid iddo fe fynd i mewn i'r ysbyty a cholli'r gwyliau yn Llandaf.

Yna, un pnawn, cafodd Colin alwad ffôn oddi wrth gymydog tra oedd e yn y gwaith yn Wrecsam. Yn ôl y cymydog, roedd Lyn wedi syrthio ar y palmant o flaen y tŷ, ac roedd ambiwlans wedi mynd â fe i'r ysbyty.

"Fe af i'r ysbyty ar unwaith," meddai Colin. "Diolch."

Pan gyrhaeddodd yno roedd meddyg yn aros amdano fe.

"Mae eich tad chi wedi cael trawiad ar y galon," meddai'r meddyg.

" Sut mae e?" gofynnodd Colin yn bryderus.

"Mae'n ddrwg gen i," meddai'r meddyg. "Does ganddo ddim gobaith gwella. Gyda llaw, roedd e'n sôn am rywun o'r enw Angela … "

"Fy chwaer i," meddai Colin wrtho. "Mae hi'n byw ger

Caerdydd."

"Ffoniwch hi nawr," meddai'r meddyg. "Mae e'n galw amdani hi, a does dim llawer o amser ganddo ar ôl."

Canodd y ffôn am sbel hir cyn i Angela ei ateb.

"Mae'n ddrwg gen i, Colin," meddai hi. "Roeddwn i yn y gawod. Beth sy'n bod?"

"Mae Dad yn yr ysbyty," meddai ei brawd wrthi. "Mae e wedi cael trawiad ar y galon. Mae'n rhaid i ti ddod ar unwaith."

"Amhosibl," atebodd Angela. "Mae cyfarfod y gymdeithas rhieni ac athrawon yn ysgol Paul heno."

"Angela," meddai Colin, "dwyt ti ddim yn deall; mae Dad yn dost iawn. Mae e ar fin marw."

Ddywedodd ei chwaer ddim gair am foment, yna:

"Beth am y tŷ, Colin?"

"Y tŷ?"

"Ie, y tŷ. Mae ei hanner yn perthyn i fi. Fe fydd rhaid i ti ei werthu e. A chofia fod gemau oedd yn perthyn i Mam lan llofft yn stafell wely Dad."

Roedd Colin wedi clywed digon. Rhoddodd e'r ffôn i lawr gyda chlep a cherdded yn ôl i'r ward.

Roedd Lyn yn edrych yn fach iawn yn y gwely; roedd e wedi colli llawer o bwysau dros y gaeaf. Clywodd e Colin yn dod i mewn ac agorodd ei lygaid.

"Ydy Angela'n dod?" gofynnodd e.

"Nac ydy, Dad."

Gwelodd y siom ar wyneb ei dad.

"Dydy hi ddim yn gallu dod heno," meddai Colin. "Mae Paul yn mynd ar drip ysgol i Calais bore fory. Mae Angela'n mynd â fe cyn belled â Southampton yn y car achos dydy e ddim yn gallu teithio mewn bws. Ar ôl cwrdd â'r bws yn Southampton fe fydd hi'n gyrru lan i Wrecsam; ond efallai bydd rhaid iddi hi aros mewn gwesty ar y ffordd nos fory."

Caeodd Lyn Lewis ei lygaid am foment, yna gwenodd e ar ei fab.

"Mae hi mor brysur, ond mae hi'n mynd i wneud taith hir fel yna, dim ond i weld ei thad. Beth ydy hi, Colin?"

"Angel, Dad," atebodd Colin. "Angel ydy hi … "

GEIRFA

dwlu ar	to dote on	*sâl*	ill
hŷn	elder	*pesychu*	to cough
ffefryn	favourite	*fferyllfa*	pharmacy
disglair	brilliant	*lliw*	colour
peiriannydd	engineer	*boch*	cheek
cyfraith	law	*cymydog*	neighbour
teithiwr	traveller	*trawiad ar y galon*	heart attack
pythefnos	fortnight		
bendigedig	excellent	*pryderus*	anxious
trannoeth	the next day	*cawod*	shower
		gemau	jewels
cychwyn	to set out	*pwysau*	weight
tramor	abroad	*siom*	disappointment
Bryste	Bristol		
rhyfedd	strange		

6. CARIAD MEWN RHYFEL

Roedd Lifftenant Tony Rees yn gweithio wrth ei ddesg ym mhencadlys y frigâd pan ganodd y ffôn. Y brigadydd oedd ar y lein.

"Rees," meddai e, "rydw i wedi clywed eich bod chi'n siarad Almaeneg. Ydy hynny'n wir?"

"Ydy, Syr," atebodd y lifftenant ifanc. "Ar ddechrau'r rhyfel roeddwn i'n astudio Ffrangeg ac Almaeneg yn y brifysgol."

"Reit," meddai'r brigadydd. "Mae angen rhywun fel chi yn yr Ardennes."

"Yr Ardennes, Syr?"

Roedd Rees yn meddwl yn gyflym. Bythefnos yn gynt roedd yr Almaenwyr wedi torri trwy linell flaen y Prydeinwyr a'r Americanwyr ym mynyddoedd yr Ardennes yng Ngwlad Belg. Ond roedd brigâd Elis tua phum deg milltir i'r de o'r Ardennes.

"Ie," meddai'r brigadydd. "Mae ymosodiad yr Almaenwyr wedi methu, ac maen nhw'n dechrau symud yn ôl. Ond mae pocedi ohonyn nhw mewn rhai pentrefi o hyd, ac am ryw reswm mae angen cyfieithydd arnon ni mewn pentref o'r enw Quatre Saisons. Bydd rhywun yn dod i'ch nôl chi mewn jîp. Pob lwc!"

Albanwr oedd gyrrwr y jîp. Doedd e ddim yn siaradus iawn, ond roedd e'n chwibanu melodïau jazz yr holl ffordd i Quatre Saisons. Gyrron nhw drwy goedwigoedd trwchus lle roedd y ddaear dan garped o eira achos roedd y gaeaf wedi bod yn arw iawn. Yn y diwedd cyrhaeddon nhw wersyll milwrol, a stopiodd gyrrwr y jîp o flaen pabell fawr. Pan aeth Tony Rees i mewn gwelodd e grŵp o swyddogion yn sefyll o gwmpas bwrdd yn edrych ar fap o'r ardal. Trodd un o'r swyddogion ac edrych arno. Cyrnol oedd e ac roedd ei lygaid e'n siarp.

"Chi ydy'r cyfieithydd?" gofynnodd e.

"Ie, Syr. Lifftenant Rees ydw i."

"Reit, Rees," meddai'r cyrnol. "Dyma'r sefyllfa: mae uned o Almaenwyr ym mhentref Quatre Saisons o hyd. Maen nhw mewn trap, ond dydyn nhw ddim wedi ildio. Rydyn ni mewn cysylltiad â nhw ar y ffôn, ond dydyn nhw ddim yn siarad Saesneg yn dda, a dydyn ni ddim yn siarad Almaeneg chwaith. Bore fory rwy'n mynd i mewn i'r pentref i siarad â nhw, ac fe fyddwch chi'n dod gyda fi ..."

Felly, fore trannoeth, aeth y cyrnol a lifftenant Tony Rees i mewn i Quatre Saisons mewn jîp oedd yn cario baner wen ar ei foned. Pan gyrhaeddon nhw gyrion y pentref roedd yr Almaenwyr yn aros amdanyn nhw. Aeth un o'r milwyr â nhw i gaffe o'r enw Café Dorá yng nghanol y pentref.

Roedd merch hardd iawn yn sefyll y tu ôl i gownter y caffe pan aethon nhw i mewn, ond aeth y milwyr â nhw'n syth lan llofft lle roedd capten yn ei bedwardegau'n aros amdanyn nhw. Wastraffodd y cyrnol ddim amser.

"Rydych chi wedi cael eich dal mewn trap, Capten," meddai e. "Mae'n well i chi ildio."

Arhosodd yr Almaenwr am y cyfieithu cyn ateb.

"Dydyn ni ddim yn mynd i ildio," meddai. "Rydyn ni wedi rhoi deinameit ym mhob adeilad. Rydyn ni'n barod i danio'r deinameit ac yna ymladd yn yr adfeilion."

"Beth am y pentrefwyr?" gofynnodd y cyrnol.

Roedd Tony Rees yn meddwl am y pentrefwyr hefyd, ac yn enwedig am y ferch hardd lawr llawr yn y bar.

"Fe fyddan nhw'n marw gyda ni, a gyda nifer o'ch milwyr chi, Cyrnol," atebodd y capten. "Dyna orchmynion Hitler."

Tynnodd e ddarn o bapur o ddrôr y bwrdd er mwyn profi ei fod e'n dweud y gwir.

"Oes ffordd arall?" gofynnodd y cyrnol. Doedd e ddim yn hoffi'r sefyllfa o gwbl.

"Oes," atebodd yr Almaenwr. "Gallech chi adael i ni ddianc gyda'n harfau. Rwy'n barod i dderbyn eich gair chi fel swyddog."

Meddyliodd y cyrnol am foment.

"Rwy'n cytuno," meddai e. "Fel arall fe fydd y pentrefwyr i gyd yn marw."

Gwenodd yr Almaenwr yn sydyn. Tynnodd e fatsys o'i boced a rhoi'r darn papur ar dân.

"Dyna'r gorffennol," meddai e wrth Tony Rees a'r cyrnol wrth i'r papur losgi. Yna tynnodd e botelaid o Schnapps allan o ddrôr arall. "Nawr gadewch i ni yfed i'r dyfodol … "

Treuliodd Lifftenant Tony Rees weddill yr wythnos yn Quatre Saisons – jyst digon o amser i syrthio mewn cariad â'r ferch oedd yn gweithio y tu ôl i far y Café Dorá. Merch perchnogion y caffe oedd hi, a Sylvie oedd ei henw hi. Syrthiodd hi mewn cariad â'r lifftenant ifanc hefyd. Roedd Tony yn mynd i'r caffe bob nos i'w gweld hi, ac ar ôl i'r caffe gau bydden nhw'n eistedd gyda'i gilydd yn y bar gwag a siarad am y dyfodol. Weithiau, ar ei ffordd yn ôl i'r gwersyll, byddai Tony yn meddwl am gynllun yr Almaenwyr i ddinistrio'r pentref a phawb ynddo, ac yna byddai'n crynu er ei fod e'n gwisgo cot fawr.

Yna, un diwrnod, cofiodd y brigadydd am y lifftenant ifanc, a chafodd Tony ei alw'n ôl i bencadlys y frigâd. Pan roddodd e'r newyddion i Sylvie, wylodd y ferch yn chwerw.

"Paid â phoeni, cariad," meddai Tony. "Fe fydda i'n dod yn ôl."

"Fe fydda i yma i ti," atebodd Sylvie, ac yna cusanodd hi e ar ei wefusau.

Roedd gyrrwr arall yn gyrru'r jîp ar y ffordd yn ôl i'r pencadlys. Roedd e'n siarad trwy'r amser mewn acen Cocni, ac yn gyrru fel y gwynt. Ond wrth iddyn nhw agosáu at bont uchel yn y mynyddoedd aeth y jîp yn rhy agos i ymyl y ffordd yn sydyn ac fe syrthiodd i mewn i'r afon islaw.

Pan ddeffrodd Tony Rees roedd e mewn gwely yn yr ysbyty, ac mewn poen ofnadwy. Roedd e wedi torri ei ddwy goes yn y ddamwain. Cafodd e lawdriniaeth mewn ysbyty milwrol yn Ffrainc, ac yna aethon nhw â fe i ysbyty yn Lloegr i gael llawdriniaeth arall.

Aeth dwy flynedd heibio cyn iddo lwyddo i ddysgu sut i gerdded heb ffyn baglau. Roedd e'n meddwl am Sylvie trwy'r amser, ond chysylltodd e ddim â hi o gwbl. Roedd e'n teimlo'n ddiwerth; byddai'n well i Sylvie anghofio amdano am byth.

Yna, un bore, daeth meddyg i siarad â fe.

"Sut rydych chi'n teimlo?" gofynnodd e.

"Yn well, diolch," atebodd Tony. "Rwy wedi dechrau cerdded heb ffyn baglau."

"Rwy'n gwybod," atebodd y meddyg. "Rydw i wedi dod i ofyn ffafr i chi cyn i chi adael yr ysbyty. Mae'n rhaid i fi fynd i gyfarfod meddygon yn Luxembourg yr wythnos nesaf. Fe fydda i'n gyrru trwy Wlad Belg, ond yn anffodus dydw i ddim yn siarad Ffrangeg o gwbl. Rydw i wedi clywed eich bod chi'n siarad Ffrangeg. Hoffech chi ddod gyda fi?"

Doedd Tony ddim yn gallu credu ei lwc.

"Fydd hi'n bosibl i ni ymweld â phentref o'r enw Quatre Saisons?" meddai. "Roeddwn i yno yn ystod y rhyfel. Mae e ar y ffordd i Luxembourg."

"Pam lai?" atebodd y meddyg yn hapus. "Os oes caffe yn y pentref, fe bryna i beint i chi!"

Wythnos yn ddiweddarach, roedd calon Tony Rees yn curo fel drwm pan arhosodd y car o flaen y Café Dorá ym mhentref Quatre Saisons.

"Gadewch i ni eistedd ar y teras," meddai'r meddyg. "Mae'n hyfryd yma yn yr haul."

Daeth gwraig allan o'r bar; mam Sylvie oedd hi. Gofynnodd Tony am ddau wydraid o gwrw. Roedd yn amlwg nad oedd y wraig yn ei gofio e.

"Ydy Sylvie yn y bar?" gofynnodd e.

"Nac ydy," atebodd y wraig. "Pam – ydych chi'n ffrind i Sylvie?"

"Fe ddes i yma yn ystod y rhyfel," atebodd Tony.

Pan ddaeth y wraig yn ôl â'r diodydd, rhoddodd hi ddarn o bapur i Tony.

"Dyma gyfeiriad Sylvie," meddai hi. "Mae hi'n byw yn yr Almaen. Fe arhosodd capten Almaenig yn y caffe am wythnos yn ystod brwydr yr Ardennes. Ar ôl y rhyfel fe ddaeth e'n ôl a chynnig gwaith iddi hi yn ei fusnes yn Coblenz. Roedd hi wedi cael llond bol ar y caffe, felly fe aeth hi gyda fe. Mae e'n ddyn cyfoethog; fe briodon nhw yn y gwanwyn ac mae hi'n disgwyl baban yn y gaeaf."

Trodd ar ei sawdl ac aeth yn ôl i'r bar. Doedd y meddyg ddim wedi deall yr un gair o'r sgwrs rhwng Tony a mam Sylvie. Cafodd e syndod wrth weld Tony yn tynnu matsys o'i boced a rhoi'r darn papur ar dân.

Tra oedd y papur yn dal i losgi ar y bwrdd, cododd Tony Rees ei wydr i'w wefusau.

"Reit, Doctor," meddai gyda gwên fach eironig. "Gadewch i ni yfed i'r dyfodol."

GEIRFA

rhyfel	war	*gwastraffu*	to waste
pencadlys	head-quarters	*nifer*	number
		gorchmynion	orders
pythefnos	fortnight	*arf*	weapon
Gwlad Belg	Belgium	*syrthio*	to fall
ymosodiad	attack	*perchnogion*	owners
methu	to fail	*dinistrio*	to destroy
cyfieithu	to translate	*crynu*	to shake
trwchus	thick	*wylo*	to weep
garw	harsh	*llawdriniaeth*	operation
gwersyll	camp	*ffyn baglau*	crutches
sefyllfa	situation	*diwerth*	worthless
ildio	to surrender	*cyfeiriad*	address
		cyfoethog	wealthy

7. GORMOD O WIN

"Rydyn ni'n mynd i ddathlu dy ben-blwydd di mewn steil eleni," meddai Jean Jones wrth ei gŵr Graham tra oedden nhw'n cael brecwast un bore.

Edrychodd Graham i fyny o'i bapur newydd.

"Mewn steil – pam?" gofynnodd e.

"Achos fe fyddi di'n chwe deg pump mlwydd oed," atebodd ei wraig. "Rydw i am gael gwyliau da cyn i ni fynd yn rhy hen."

Gwenodd Graham arni hi.

"Beth am Ibiza?" meddai e. "Dydw i ddim wedi bod mewn disco ers i'r plant briodi."

"Twpsyn!" meddai Jean. "Mae cwmnïau teithio arbennig ar gael sy'n trefnu gwyliau i bobl fel ni, pobl sy am ymweld â hen leoedd diddorol yn hytrach na lleoedd swnllyd fel Calella a Lloret."

Aethon nhw i'r swyddfa deithio yn y dref a dewis taith mewn bws trwy ganol Sbaen. Y mis canlynol roedden nhw ar eu ffordd i Southampton yn y trên; yna aethon nhw mewn cwch i Santander, lle roedd y bws yn aros amdanyn nhw.

Roedd y teithwyr ar y bws i gyd yn eu chwedegau neu saithdegau. Ond roedd yr arweinydd yn ei dridegau; Miguel oedd ei enw, ac roedd e'n siarad Saesneg yn rhugl.

"Ardderchog," meddai Graham wrth Jean gyda gwên fach. "Fe fydd e'n gwybod am bob disco ar y ffordd!"

Ond bachgen nerfus ac ofnus oedd Miguel. Reit o'r dechrau rhoddodd e reolau i'r teithwyr fel y byddai athro wrth siarad â phlant bach.

"Peidiwch â mynd allan ar eich pennau eich hunain yn ystod y gwyliau," meddai wrthyn nhw. "Fe fydda i'n trefnu i ni fynd allan mewn grŵp bob tro. Mae Sbaen yn lle peryglus i deithwyr: mae Madrid yn llawn giangsters, mae Granada yn llawn sipsiwn, ac mae Seville yn llawn lladron."

Felly, ym mhob dinas, roedd y teithwyr yn dilyn Miguel i bobman fel gyr o ddefaid.

"Rydyn ni'n edrych yn dwp," meddai Jean wrth Graham. "Mae'n rhaid i ni ei ddilyn e fel defaid."

Ond os byddai rhywrai'n ceisio dianc am ychydig oddi wrth y grŵp, byddai'r arweinydd yn sylwi arnyn nhw, a'u galw nhw'n ôl.

"Fe fyddwch chi'n mynd ar goll," byddai'n dweud wrthyn nhw. "Ydych chi eisiau difetha'r gwyliau i bawb arall?"

Roedd rhai o'r teithwyr yn cwyno dan eu hanadl, ond doedd neb yn mentro gwrthwynebu Miguel. Roedd rhai'n dibynnu arno fe am bopeth; doedden nhw ddim hyd yn oed yn prynu dim byd yn y siopau heb ofyn i'r arweinydd am ei gyngor e. Ond roedd Jean a Graham yn fwy annibynnol. Cyn diwedd y gwyliau roedden nhw wedi cael digon ar Miguel.

Dathlodd Graham ei ben-blwydd ar ddiwrnod olaf y daith trwy Sbaen. Diwrnod hiraf y daith oedd e hefyd, achos cychwynnodd y bws o Toledo yn y bore a chyrraedd porthladd Bilbao yn y nos. Cyn iddyn nhw gyrraedd dinas Bilbao soniodd yr arweinydd am y rheolau arferol.

"Peidiwch â mynd allan ar ôl swper heno," meddai wrthyn nhw. "Mae Bilbao yn lle peryglus iawn. Prifddinas Gwlad y Basg ydy Bilbao, ac rydych chi i gyd wedi clywed am derfysgwyr ETA, on'd ydych? Peidiwch ag yfed gormod ac ewch i'r gwely'n gynnar. Yfory fe fydda i'n mynd â chi i siopa yng nghanolfan y ddinas, cyn i ni ddal y cwch yn ôl i Brydain."

Ond pan oedd Jean a Graham ar eu pennau eu hunain yn ystafell y gwesty y noson honno, dywedodd Jean wrth ei gŵr:

"Roedd y daith yn y bws yn rhy hir heddiw. Rwy'n mynd allan. Mae eisiau awyr iach arna i."

"Iawn," meddai Graham. "Ond beth am swper?"

"Fe brynwn ni frechdanau mewn bar," atebodd ei wraig. "Rydw i wedi cael llond bol ar fwyta mewn gwesty bob nos."

"Ond beth am Miguel?" gofynnodd Graham.

"Rydw i wedi cael llond bol arno fe, hefyd," atebodd Jean. "Gad i ni fynd ar unwaith, tra mae pawb yn dal yn eu hystafelloedd."

Doedd y gwesty ddim yn bell o'r môr.

"Gad i ni fynd am dro ar y cei," meddai Jean. "O, edrycha ar y sêr, Graham. Mae hi'n noson hyfryd, on'd yw hi?"

Roedden nhw wedi bod yn cerdded am ddeg munud, efallai, pan welson nhw ffurfiau tywyll yn rhedeg o gwmpas y cei. Aeth cryndod trwy gorff Jean.

"Llygod mawr," meddai hi'n ofnus. "Mae'r cei'n llawn ohonyn nhw!"

Roedd ei chalon hi'n curo fel drwm. Ond chwarddodd

Graham yn sydyn.

"Nid llygod mawr ydyn nhw, ond cathod," meddai e. "A dyna'r wraig sy'n eu bwydo nhw."

Trodd Jean ei phen a gweld hen wraig yn dod tuag atyn nhw. Roedd hi'n cario bag plastig ac yn taflu bwyd i'r cathod o bryd i'w gilydd.

"*Buenas noches*," meddai hi.

"*Buenas noches*," atebodd Graham, er nad oedd e'n siarad Sbaeneg o gwbl.

Arhosodd y wraig am foment. Roedd hi'n edrych yn ddymunol iawn. Pwyntiodd at y cathod.

"*Gatos*," meddai hi gan wenu.

Doedd Graham ddim yn gwybod beth i'w ddweud, ond agorodd Jean ei waled a thynnu llun allan. Yn y llun roedd eu plant yn eistedd ar y soffa ac roedd y gath gyda nhw. Dangosodd hi'r llun i'r hen wraig.

"*Ah ... sus hijos y su gato*," meddai'r wraig.

Roedd Jean yn siŵr bod y wraig yn deall.

"*Sí, Señora, sí,*" meddai hi'n llawn cyffro.

Cerddon nhw gyda'r wraig ar hyd y cei am sbel, ac yna troion nhw i mewn i res o dai. Arhosodd y wraig o flaen un o'r tai ac agor y drws ffrynt.

"*Vengan*," meddai hi gan wenu. "*Vengan*."

Dilynon nhw hi i mewn i ystafell lle roedd dyn ifanc yn ei ddauddegau'n bwyta ei swper wrth y bwrdd. Neidiodd e ar ei draed. Roedd e'n fachgen golygus, ond roedd ei lygaid e'n siarp fel pe bai e ar wyliadwriaeth.

"*Amigos*," meddai'r hen wraig yn gyflym. "*Amigos Ingleses*."

Eisteddodd y bachgen eto, a chyn hir roedd Jean a

Graham yn rhannu bara a chaws gyda fe, a hefyd potelaid fawr o win coch. Antonio oedd enw'r bachgen, ac roedd e'n fab neu'n ŵyr i'r hen wraig. Ar ôl yr ail wydraid o win, roedd pawb yn deall ei gilydd yn iawn, er nad oedden nhw'n siarad yr un iaith!

Erbyn hanner nos, roedd pennau Jean a Graham yn troi.

"Mae'n rhaid i ni fynd," meddai Graham gan bwyntio at y cloc. "Mae'n mynd yn hwyr."

Cododd Antonio hefyd. Gwisgodd e ei siaced, er bod y tywydd yn braf. Tynnodd ei het yn isel dros ei lygaid hefyd cyn mynd allan gyda nhw. Pan gyrhaeddon nhw'r gwesty, gwelson nhw wynebau'r teithwyr eraill yn ffenestr y lolfa. Doedd neb wedi mynd i'r gwely eto. Yna daeth Miguel, yr arweinydd, allan trwy ddrws ffrynt y gwesty a cherdded tuag atyn nhw. Roedd e'n edrych yn grac iawn.

"Ble rydych chi wedi bod?" gwaeddodd. "Rydw i wedi bod ar bigau'r drain. Rydych chi wedi difetha'r noson i bawb. Does neb wedi mynd i'r gwely, achos maen nhw i gyd wedi bod yn poeni amdanoch chi."

Edrychodd Graham ar y ffenestr. Roedd y teithwyr yn edrych yn hapus iawn. Roedd yn amlwg eu bod nhw'n mwynhau'r sefyllfa. O'r diwedd roedd rhywun wedi gwrthwynebu Miguel!

Yna, yn sydyn, chwarddodd Jean yn uchel. Trodd Miguel arni hi, ac am foment meddyliodd Graham fod yr arweinydd yn mynd i roi slap iddi hi, ond yna cymerodd Antonio gam ymlaen a gwthio'i fys i mewn i frest Miguel. Heb godi ei lais, dywedodd Antonio rywbeth yn

Sbaeneg ac aeth wyneb Miguel yn wyn. Trodd yr arweinydd ar ei sodlau a cherdded yn gyflym yn ôl i mewn i'r gwesty …

Fore trannoeth aeth y teithwyr o gwmpas siopau Bilbao mewn grwpiau bach neu ar eu pennau eu hunain. Doedd dim sôn am Miguel amser brecwast. Roedd e wedi colli rheolaeth arnyn nhw. Roedd pawb yn gofyn yr un cwestiwn: pwy oedd y bachgen golygus 'na oedd wedi codi cymaint o ofn ar Miguel – plismon, giangster, terfysgwr? Doedd Jean a Graham ddim yn gallu ateb y cwestiwn; doedd dim syniad 'da nhw. Ond roedd e wedi bod yn dda iawn wrthyn nhw.

Ar ddiwedd y gwyliau, llanwodd pob teithiwr holiadur am eu taith trwy Sbaen. Pan gyrhaeddodd yr holiaduron brif swyddfa'r cwmni teithio doedd ysgrifenyddes y rheolwr ddim yn gallu credu ei llygaid.

"Wel," meddai hi wrth y rheolwr, "maen nhw wedi ymweld â llefydd hyfryd fel Granada, Cordoba a Seville, ond yn ôl yr holiaduron mae'n well 'da nhw dref ddiwydiannol Bilbao. Sut ydych chi'n esbonio hynny, Syr?"

Cododd y rheolwr ei ysgwyddau a gwenu arni hi.

"Wn i ddim, Susan," atebodd e. "Gormod o win, efallai … ?"

GEIRFA

gormod	too much
gwin	wine
dathlu	to celebrate
arbenigo	to specialize
ymweld â	to visit
hytrach	rather
arweinydd	courier
rheol	rule
lleidr (lladron)	thief, thieves
dafad	sheep
dianc	to escape
cwyno	to grumble
gwrthwynebu	to stand up to
cyngor	advice
porthladd	port
terfysgwr	terrorist
brechdan	sandwich
llond bol	gutful
ffurf	shape, form
cryndod	shiver
llygod mawr	rats
cyffro	excitement
rhes	row
ar wyliadwriaeth	on guard
ŵyr	grandson
amlwg	obvious
holiadur	questionnaire

8. GEIRIAU

Ar ôl i'w ddau blentyn dyfu i fyny, mynd i'r coleg, priodi a chael eu cartrefi eu hunain, roedd Jeff Williams yn edrych ymlaen at fod yn rhydd am y tro cyntaf ers blynyddoedd. Roedd e a'i wraig Siân yn mynd i dreulio pythefnos dramor bob haf yn lle llogi carafán yng ngorllewin Cymru. Bydden nhw'n mynd allan i fwyta mewn bwyty da unwaith yr wythnos hefyd, ac yn mynd i'r clwb bob nos Sadwrn i ddawnsio a chwarae Bingo gyda ffrindiau.

Yn anffodus, roedd gan Siân syniadau eraill. Mwynhaodd hi'r nosweithiau allan am sbel, a hefyd wythnos gyntaf eu gwyliau yn Lanzarote, ond pan ddychwelon nhw adref dechreuodd hi gwyno wrth Jeff.

"Mae'r tŷ'n wag," meddai hi. "Mae hi fel mynwent yma heb y plant!"

Edrychodd Jeff i fyny o'r papur newydd.

"Wel, gad i ni fynd i lawr i'r Brynffynnon Arms am y noson," meddai e. "Mae cwis yno bob nos Fercher."

Ochneidiodd ei wraig yn ddwfn, a rhoddodd Jeff y papur newydd i lawr.

"Rwyt ti'n hiraethu am Lanzarote, cariad," meddai e gyda winc. "Ac yn enwedig am y barman 'na, Alfonso."

"Nac ydw," atebodd Siân. "Ddim o gwbl. Roeddwn i'n barod i ddod adref ar ddiwedd yr wythnos gyntaf. Wn i ddim pam, chwaith, achos roedd e'n lle hyfryd."

Penderfynodd y cwpl roi cartref i ddaeargi bach o ffald y cyngor lleol. Roedd y ci yn fywiog iawn, ac am sbel roedd Siân yn hapus, ond yna daeth yr hen dristwch yn ôl.

"Rwy'n gweld eisiau'r plant, Jeff," meddai hi un diwrnod. "Rwy'n teimlo'n wag heb y plant."

Dyna pryd y penderfynodd Jeff a Siân fabwysiadu plentyn.

Ar ôl proses hir daeth bachgen deuddeg oed i mewn i'w bywyd nhw. Carl oedd ei enw e, a daethon nhw i'w nabod e'n raddol cyn iddyn nhw lofnodi'r papurau swyddogol. Roedd Siân yn hapus nawr, achos roedd Carl yn fachgen golygus a deallus, ond doedd Jeff ddim yn siŵr.

"Dydy e ddim fel Peter a Pat," meddai wrth ei wraig. "Roedden nhw'n siaradus iawn, ond dydy Carl ddim yn dweud llawer."

"Mae popeth yn newydd iddo fe, Jeff," atebodd Siân. "Fe fydd e'n cymryd amser i setlo i mewn. Mae e'n hoffi'r ci, ac mae Jip yn dwlu arno fe hefyd."

Roedd yn amlwg nad oedd Carl wedi cael bywyd hawdd. Felly prynodd Siân lawer o anrhegion iddo fe – esgidiau sglefrio, beic a chyfrifiadur; ond, a dweud y gwir, doedd y bachgen ddim yn cymryd diddordeb mewn pethau fel yna. Roedd e'n hapusach yn yr ardd yn chwarae gyda'r ci. Yn y diwedd dechreuodd Siân hefyd boeni amdano fe.

"Wyt ti'n hapus yma gyda ni, Carl?" gofynnodd hi un prynhawn.

"Ydw," atebodd y bachgen, ac yna trodd e i ffwrdd a dechrau canmol y ci bach.

"Dydw i ddim yn ei ddeall e o gwbl," cwynodd Siân wrth Jeff. "Dydy e ddim yn gofyn am ddim byd; a phan rydyn ni'n rhoi rhywbeth iddo fe, dydy e byth yn dweud diolch, chwaith."

Cododd ei gŵr hi ei ysgwyddau. Doedd ganddo fe ddim ateb i'r broblem. Yna, ar ddiwedd y tymor, daeth adroddiad ysgol Carl i'r tŷ trwy'r post.

"Mae e wedi setlo i lawr yn dda yn ei ysgol newydd," ysgrifennodd athro'r dosbarth. "Mae e'n dawel, ond yn ddeallus, ac mae e'n gweithio'n galed."

"Diolch byth," meddai Siân wrth Jeff. "Nawr, beth am ein gwyliau haf?"

"Wyt ti am fynd dramor fel y llynedd?" gofynnodd Jeff.

"Nac ydw," atebodd ei wraig. "Dydw i ddim am wahanu Carl a Jip achos maen nhw'n dod ymlaen mor dda gyda'i gilydd. Beth am i ni logi carafán fel yn yr hen ddyddiau?"

Nodiodd Jeff ei ben. Roedd e'n hoffi'r ci hefyd, a doedd e ddim am roi Jip mewn cenel am bythefnos. Felly penderfynon nhw logi carafán oddi wrth ffrind yng ngorllewin Cymru.

Roedd y wersyllfa mewn cae, a nant fach yn llifo trwyddo. Roedd traeth bach lle roedd y nant yn cyrraedd y môr, a chlogwyni uchel ar y ddwy ochr i'r traeth. Cyn hir roedd Jip wedi dod i nabod pob ci yn y wersyllfa, ond roedd yn well 'da fe ddilyn Carl i bobman na chwarae gyda'r cŵn eraill. Roedd llawer o blant yno hefyd, a chafodd Jeff a Siân syndod o weld Carl yn gwneud ffrindiau mor hawdd, er nad oedd e ddim mor swnllyd â'r plant eraill.

"Mae e'n cymysgu'n dda," meddai Jeff wrth Siân. "Dydy e ddim yn gwthio'i ffordd i mewn i'r grŵp, ond mae'r plant eraill yn ei dderbyn e heb drafferth."

"Ydyn," cytunodd Siân. "Ond pam mae e mor dawel gyda ni? Fe hoffwn i siarad ag e am ei fywyd, am ei deimladau, am beth mae e'n ei feddwl ohonon ni, Jeff. Ond pan rwy'n ceisio siarad ag ef, mae e'n troi i ffwrdd."

"Gan bwyll, Siân," atebodd ei gŵr. "Rhaid i ni fod yn amyneddgar. Fe ddaw e i siarad mwy, siŵr o fod."

Un bore, roedd Siân yn dod yn ôl o'r siopau pan welodd hi grŵp o blant yn cerdded i fyny'r cwm i gyfeiriad y pentref. Stopiodd hi'r car a siarad â nhw.

"Ble mae Carl?" gofynnodd hi. "Dydy e ddim gyda chi?"

"Nac ydy," atebodd un o'r merched. "Rydyn ni'n mynd i'r caffe yn y pentref i wrando ar y jiwcbocs, ond ddaeth Carl ddim achos doedd dim arian 'da fe."

"Ond mae Jeff – ei dad e – yn y garafán," meddai Siân. "Pam ofynnodd e ddim iddo fe am arian?"

Cododd y ferch ei hysgwyddau.

"Wn i ddim," meddai hi, ac yna cerddodd i ffwrdd.

Teimlodd Siân ei thymer yn codi. Pan gyrhaeddodd hi'r wersyllfa roedd Carl, Jeff a'r ci'n eistedd ar y glaswellt o flaen y garafán. Daeth Siân allan o'r car a cherdded yn syth at y bachgen.

"Dyma ti," meddai hi'n llym, gan dynnu papur pum punt o'i phwrs. "Cer i ymuno â'th ffrindiau. A phaid â bod mor dwp o hyn ymlaen!"

Edrychodd Jeff arni hi'n syn, ond aeth hi'n syth i mewn i'r garafán gan glepian y drws y tu ôl iddi hi. Yna cododd Carl a cherdded i ffwrdd heb ddweud gair, gyda Jip yn ei ddilyn e.

Soniodd Jeff ddim am y mater am weddill y prynhawn, achos roedd e'n gallu gweld bod Siân yn dal i deimlo'n ddig. Yna, am bump o'r gloch, daeth y grŵp plant yn ôl i'r wersyllfa – ond doedd Carl a Jip ddim gyda nhw.

"Cer i ofyn i'r plant ble mae Carl nawr," meddai Siân mewn llais blinedig. "Rydw i wedi cael llond bol heddiw. Dydw i ddim yn deall y bachgen 'na o gwbl."

Pan ddaeth Jeff yn ôl doedd e ddim yn edrych yn hapus o gwbl.

"Yn ôl y plant," meddai, "aeth Carl i'r caffe gyda'r ci, ond fe ddywedodd e wrthyn nhw ei fod e wedi colli'r pumpunt trwy dwll yn ei boced. Roedd y plant yn fodlon rhoi benthyg arian iddo fe, ond fe gerddodd e i ffwrdd heb ddweud i ble roedd e'n mynd."

Treulion nhw weddill y prynhawn yn chwilio am y bachgen a'r ci ar hyd y ffordd i'r pentref, ond roedd e wedi diflannu'n llwyr. Erbyn saith o'r gloch roedd Siân yn poeni'n ofnadwy.

"Pam nad ydy Jip wedi dod yn ôl, o leiaf?" gofynnodd hi i Jeff. "Mae'r ci'n cael ei fwyd am bump o'r gloch bob dydd."

Atebodd Jeff ddim. Bydd rhaid i ni fynd yn ôl i'r wersyllfa a chysylltu â'r heddlu, meddyliodd, ond yna clywson nhw sŵn cyfarth yn y pellter. Edrychodd Jeff i fyny.

"Mae'n dod o gyfeiriad y clogwyn 'na," meddai wrth ei wraig.

"O, na … " meddai Siân, ond roedd Jeff yn chwilio'n barod am lwybr i ddringo'r clogwyn.

Pan gyrhaeddon nhw grib y clogwyn, roedd y ddau

ohonyn nhw ar bigau'r drain. Yna gwelson nhw Carl. Roedd e'n eistedd ar graig ar ymyl y clogwyn, a Jip yn eistedd wrth ei ochr e. Cerddon nhw'n gyflym tuag at y ddau. Jeff oedd y cyntaf i siarad.

"Carl," meddai e. "Pam ddest ti ddim yn ôl i'r garafán? Rydyn ni wedi bod yn poeni amdanat ti! Beth sy'n bod, Carl?"

Trodd Carl ei ben a syllu arnyn nhw. Roedd ei lygaid yn llawn tristwch.

"Roedd cywilydd arna i," meddai, ac yna dechreuodd e wylo'n hidl.

Trodd Jeff ei ben a gweld bod Siân yn wylo hefyd. Aeth hi heibio iddo fe a chymryd y bachgen yn ei breichiau. Edrychodd Jeff arnyn nhw heb ddweud gair. Doedd dim angen geiriau nawr.

GEIRFA

priodi	to marry	*gwersyllfa*	campsite
pythefnos	fortnight	*clogwyn*	cliff
cwyno	to complain	*gan bwyll*	steady on
mynwent	cemetery	*llym*	sharp
daeargi	terrier	*cyfarth*	to bark
mabwysiadu	to adopt	*ymuno*	to join
llofnodi	to sign	*ar bigau'r drain*	on tenterhooks
esgidiau sglefrio	skates	*cywilydd*	shame
llynedd	last year		

9. Y BABAN

Roedd y dafarn yn brysur iawn. Roedd ffyrdd Jwdea yn llawn o deithwyr ac, wrth gwrs, roedd llawer ohonyn nhw'n chwilio am wely am y nos ar ôl treulio oriau lawer ar y ffordd.

Roedd y tafarnwr yn ddyn mawr cryf; pan fyddai'n colli ei dymer byddai'n codi ofn ar y gweision i gyd. Heno roedden nhw'n gweithio'n galed yn paratoi gwelyau, yn coginio ac yn mynd â bwyd a diod i'r teithwyr blinedig yn yr ystafell fwyta.

Roedd y tafarnwr, Eli, yn gweithio yn y gegin yn torri darn mawr o gig eidion â chyllell siarp pan ddaeth ei wraig e, Ana, i mewn i siarad ag ef.

"Mae cwpl o deithwyr, gŵr a gwraig, wrth y drws yn chwilio am ystafell," meddai hi. "Ond does dim ystafelloedd ar ôl."

Daliodd Eli ymlaen â'i waith, heb edrych i fyny o gwbl.

"Os nad oes ystafell 'da ni, fe fydd rhaid i ti eu hanfon nhw i ffwrdd," atebodd e. "Dwyt ti ddim yn gweld fy mod i'n brysur?"

Symudodd ei wraig ddim.

"Mae'r wraig yn feichiog," meddai hi. "Mae angen help arnyn nhw."

Trodd Eli ei ben a syllu arni hi.

"Mae angen help arna i, hefyd," meddai e, "achos mae'r gweision yn anobeithiol. Os nad oes lle, does dim lle. Wyt ti'n deall, Ana? Beth wyt ti'n mynd i'w wneud – taflu pobl eraill allan o'r dafarn, neu beth?"

"Mae'r wraig yn feichiog iawn," atebodd Ana. "Mae'n bosibl bydd y baban yn cael ei eni cyn y bore."

"Does dim lle, Ana," meddai'r tafarnwr eto. "Anfona nhw oddi yma!"

Roedd e'n dechrau colli'i dymer, felly penderfynodd Ana adael llonydd iddo. Aeth hi'n ôl i ddrws ffrynt y dafarn lle roedd y teithwyr yn dal i sefyll. Roedden nhw'n edrych yn flinedig iawn, ac roedd wyneb y wraig yn welw.

"Mae'n ddrwg gen i," meddai Ana gan ostwng ei llygaid. "Mae fy ngŵr yn dweud … "

"Ana … "

Trodd hi ei phen a gweld Rachel, chwaer Eli, yn sefyll yno.

"Ie?"

"Mae ogof yn y creigiau y tu ôl i'r dafarn," meddai Rachel. "Fe all y teithwyr 'ma dreulio'r nos yno. Fe af i â gwellt i wneud gwely iddyn nhw, ac yna fe af i nôl bwyd a diod iddyn nhw."

Edrychodd y teithwyr yn obeithiol ar Ana, ond doedd y dafarnwraig ddim yn siŵr.

"Ond rwy'n meddwl bod anifeiliaid yn cysgu yn yr ogof 'na, Rachel," meddai hi.

"Does dim ots," atebodd y ferch. "Bydd rhaid iddyn nhw symud allan, dyna'r cwbl."

"Ond beth am Eli?" gofynnodd Ana. "Dydw i ddim am ei ddigio."

"Paid â phoeni am fy mrawd, Ana," atebodd Rachel gan wenu. "Mae e'n brysur yn y gegin. Fydd e ddim yn gwybod dim byd."

Aeth Ana â'r teithwyr drwy'r ystafell fwyta ac allan eto trwy ddrws cefn y dafarn. Doedd dim ond un anifail yn yr ogof – asyn bach brown.

"Beth mae'r asyn 'ma'n ei wneud yma?" gofynnodd Ana'n syn. "Dydy e ddim yn perthyn i ni."

Cliriodd y dyn ei wddf.

"Y ni piau'r asyn," meddai e. "Mae e wedi dod yma i chwilio am ddŵr, siŵr o fod."

Tra oedd e'n siarad, daeth Rachel i mewn i'r ogof gan gario bwndel o wellt glân yn ei breichiau.

"Rho'r gwellt yn y gornel 'na," meddai Ana wrthi hi, "lle mae 'na fwy o gysgod rhag y gwynt. Mae hi'n oeri yn y nos."

Trodd hi at y wraig ifanc a gofyn:

"Beth ydy eich enw chi?"

"Mair," atebodd y ferch, "a Joseff ydy enw fy ngŵr i."

"Wel, gwnewch eich hunain mor gyfforddus ag y gallwch chi ar y gwellt 'ma. Bydd Rachel yn dod â bwyd i chi cyn bo hir."

Cafodd y baban ei eni yn ystod y nos, ond chlywodd neb yn y dafarn y crio. Doedd neb wedi mynd i'r gwely. Roedd seren ddisglair wedi ymddangos yn yr awyr tua hanner nos, ac arhosodd y gwesteion i gyd yn yr ystafell fwyta tan oriau mân y bore yn yfed ac yn siarad ac yn gwylio'r seren trwy'r ffenestri.

Drannoeth, sylwodd y tafarnwr fod rhywbeth yn digwydd. Roedd bwyd yn diflannu o'r gegin, a thrwy'r ffenestr agored sylwodd ar ei chwaer Rachel yn ymweld â'r ogof y tu ôl i'r dafarn o bryd i'w gilydd. Yna, daeth grŵp o fugeiliaid i'r dafarn, ac aeth Rachel â nhw i'r ogof hefyd, er nad oedd dim anifeiliaid gyda nhw.

Pan sylweddolodd Eli beth oedd yn digwydd, penderfynodd e gwyno wrth ei wraig Ana. Ond yna daeth tri dieithryn i'r dafarn. Roedden nhw'n ddynion pwysig, ac roedden nhw wedi dod ag anrhegion drud i'r baban. Ar ôl iddyn nhw ymweld â'r teulu yn yr ogof, daethon nhw i mewn i'r dafarn a gwahodd pawb i yfed y gwin gorau gyda nhw. Roedd yn amlwg eu bod nhw'n dathlu rhywbeth arbennig, ond ddywedon nhw ddim beth. Ond y noson honno gwarion nhw ffortiwn yn y dafarn ac aeth Eli i'r gwely'n hapus iawn.

Roedd Ana a Rachel yn dwlu ar y baban. Pan oedd e'n cysgu roedd yr awyrgylch i gyd yn llonydd, a phan oedd e'n agor ei lygaid bach a syllu arnyn nhw roedd eu calonnau nhw'n codi ar unwaith. Aeth Eli ddim i'r ogof, ond roedd e'n hapusach nawr, achos roedd e wedi gwneud llawer o arian yn ddiweddar, ac os oedd ei wraig a'i chwaer yn mynd â bwyd i'r teulu y tu ôl i'w gefn e, wel, dim ond gweddillion oedden nhw.

Pan adawodd y teulu yr ogof o'r diwedd a chychwyn ar eu taith eto, teimlai Ana a Rachel yn drist iawn. Ond yna, wythnos neu ddwy yn ddiweddarach, rhedodd Rachel i mewn i ystafell Ana un bore a dweud:

"Ana, mae ofn mawr arna i. Mae un o filwyr Herod yn y gegin yn gofyn cwestiynau i Eli am y baban."

Edrychodd Ana arni hi'n syn.

"Ond pam?" gofynnodd hi.

"Wn i ddim," atebodd Rachel. "Ond mae milwyr

Herod yn ymweld â phob teulu ym Methlehem sy wedi cael baban yn ddiweddar. Mae rhai'n dweud bod y milwyr yn mynd â'r babanod i gyd i ffwrdd!"

Aeth Ana yn syth i mewn i'r gegin lle roedd ei gŵr hi'n ateb cwestiynau'r milwr.

"Oedd baban yn y dafarn 'ma rai wythnosau'n ôl?" gofynnodd y milwr, a daliodd Ana ei hanadl. Yna gwelodd hi Eli'n ysgwyd ei ben.

"Nac oedd," atebodd e. "Doedd dim baban yma."

Syllodd y milwr arno fe.

"Ydych chi'n siŵr?" gofynnodd e.

"Ydw, rydw i'n siŵr," meddai Eli. "Mae cof da iawn 'da fi. Welais i 'run baban yn y dafarn."

Pan aeth y milwr i ffwrdd, eisteddodd Ana'n drwm ar y gadair agosaf. Roedd hi'n crynu fel deilen.

"Eli," meddai hi. "Doeddet ti ddim yn gwybod bod baban wedi cael ei eni yn yr ogof y tu ôl i'r adeilad 'ma?"

"Oeddwn," atebodd e. "Dydw i ddim yn dwp, Ana."

"Wel, pam fentraist ti dy fywyd wrth ddweud celwydd wrth y milwr?"

Gwenodd ei gŵr hi'n sydyn.

"Achos dydw i ddim yn hoffi milwyr Herod," meddai wrthi. "Maen nhw'n gofyn cwestiynau, ac yna maen nhw'n codi'r trethi. Beth bynnag, un baban yn fwy neu'n llai yn y byd – beth yw'r ots … ?"

GEIRFA

teithiwr	traveller
treulio	to spend
gwas (gweision)	traveller(s)
cig eidion	beef
symud	to move
beichiog	pregnant
llonydd	peace, quiet
boch	cheek
gostwng	to lower
ogof	cave
digio	to anger
gwddf	throat
awel	breeze, draught
seren	star
drannoeth	on the next day
bugail (bugeiliaid)	shepherd(s)
cwyno	to complain
dieithryn	stranger
gweddillion	remains, scraps
treth(i)	tax(es)